# Apenas un instante antes del fin del mundo

JEAN-PIERRE MARTINEZ

# Apenas un instante antes del fin del mundo

La Comédiathèque
*comediatheque.net*

# PERSONAJES

**Fred**: Profesor
**Max**: Camarero o camarera
**Álex**: Músico
**Sam**: Consejero

Todos los papeles son masculinos o femeninos, sin cambios en el diálogo.En esta versión, Max y Sam son hombres, Alex y Fred son mujeres.



© La Comédiathèque
ISBN 978-2-37705-814-3

# ACTO 1

*El escenario está vacío a excepción de tres sillas, una mesa y un refrigerador. Llega Max, una mascarilla sanitaria blanca sobre la nariz y la boca, y una venda negra sobre los ojos. Es guiada por Sam. Max proviene de una familia de clase trabajadora. Está vestida como tal. Sam está vestido de negro y puede usar gafas oscuras. Tiene debajo de su chaqueta la funda de una pistola, que no veremos en un primer momento.*

**Max** – Ya está, ¿dónde hemos llegado?

**Sam** – Siéntate ahí.

*Sam obliga a Max a sentarse en una silla.*

**Max** – Y los ojos vendados, ¿para qué exactamente?

**Sam** – Ya puede quitarse la venda de los ojos.

**Max** – ¿Qué pasa con la mascarilla?

**Sam** – La mascarilla también.

*Max se quita la venda de los ojos y la mascarilla.*

**Max** – Vale, pero ¿qué follón es esto?

**Sam** – No se preocupe pronto lo descubrirá.

**Max** – ¿Que no me preocupe? ¿Cómo no voy a preocuparme? Recibo una citación de la policía porque he sido elegida en un sorteo para ser miembro del jurado. Cuando llego, me vendan los ojos, me suben a una camioneta y me traen aquí sin ninguna explicación. Para empezar, ¿dónde estamos?

**Sam** – Si fuimos tan precavidos como para vendarle los ojos, no es para decirle ahora dónde estamos. No tendría sentido, admítalo...

*Max mira a su alrededor.*

**Max** – No parece un tribunal... *(Señalando al público, en un tono más bajo)* ¿Y quiénes son todas estas personas? ¿El público que asistirá al juicio?

**Sam** – Se lo explicaré todo cuando lleguen los demás.

**Max** – ¿Los otros? ¿Quiere decir... el resto del jurado?

**Sam** – El resto del jurado, eso es...

**Max** – ¿Y cuántos seremos, exactamente?

*Suena el celular de Sam.*

**Sam** – Disculpe... *(Al teléfono)* Sam... Está bien... Vale, ya voy... *(Guarda el móvil.)* He de irme un momento. Si tiene sed, hay bebidas frías en la nevera.

**Max** – Gracias...

*Sam sale. Max camina alrededor del escenario. Mira a la audiencia. Después de algunas dudas, abre la nevera y mira dentro. Toma una lata de cerveza, la abre y bebe un sorbo. Parece disfrutarla. Luego se acerca al público y habla con alguien.*

**Max** – Sabe por qué estamos aquí, ¿verdad?

*Si la persona a la que va dirigida la pregunta responde, un poco de improvisación para cerrar la conversación. Sam regresa, acompañando a Fred y Alex. Ambos usan una mascarilla sanitaria y tienen los ojos vendados. Fred está vestido con bastante elegancia. Alex, por su parte, tiene un look rockero.*

**Sam** – Hemos llegado. Pueden quitarse las vendas.

**Alex** – Por fin...

**Fred** – ¿Y las mascarillas, no? Nos asfixiamos...

**Sam** – Adelante.

**Alex** – Espero que cuando abramos los ojos no veamos un pelotón de fusilamiento.

**Fred** – O un pastel de cumpleaños... Tal vez sea solo una broma.

**Sam** – Esto no es una broma, se lo aseguro.

**Fred** – Además, no es mi cumpleaños.

*Ambos se quitan las vendas de los ojos, parpadean, un poco deslumbrados, y miran a su alrededor. También se quitan las mascarillas.*

**Alex** – ¿Dónde estamos?

**Fred** – ¿Dónde está el tribunal? El público ya está aquí...

**Alex** – ¿No vamos a ser juzgados, no?

*Max siempre tiene su cerveza en la mano.*

**Max** – ¿Por qué podríamos ser juzgados? ¡Yo no hice nada!

**Sam** – No se le está acusando de nada, no se preocupe. Y no va a ser juzgado.

**Fred** – ¿A quién vamos a juzgar entonces?

**Alex** – ¿Terroristas? ¿Es por eso que tomáis tantas precauciones?

**Max** – ¡Faltaba más! ¡No me apunté para eso! Mi pellejo es lo primero.

**Sam** – No vamos a juzgar a nadie.

**Fred** – Entonces, ¿qué estamos haciendo aquí?

**Alex** – Nos dijeron que habíamos entrado en un sorteo para formar parte de un jurado.

**Sam** – Dijimos para un jurado. No para un jurado de un tribunal.

**Fred** – ¿Qué tipo de jurado, entonces?

**Max** – Seguramente no el jurado para la elección de Miss España...

*El celular de Sam vuelve a sonar. Él responde.*

**Sam** – Sam... Sí... Vale, ya voy... *(Vuelve a guardar el móvil en el bolsillo)* Disculpen, vuelvo enseguida...

*Sale. Los demás se miran con recelo. Y miran a su alrededor.*

**Fred** – Esto es un poco cutre para ser un tribunal, ¿no?

**Max** – No sé... Un tribunal... Hasta ahora, nunca he tenido la oportunidad de ver uno. ¿Y usted?

**Fred** – Yo tampoco…

**Alex** – ¿Dónde ha encontrado algo de beber?

**Max** – En el minibar. Adelante, sírvase usted mismo...

**Alex** – Esperaré un poco… Prefiero conocer las tarifas del servicio de habitaciones primero…

**Max** – ¿Por qué cree que es de pago?

**Alex** – Lo sospecho, eso es todo.

**Fred** – Usted llegó antes que nosotros. ¿Cuánto tiempo lleva aquí?

**Max** – No llega ni a cinco minutos. Así que está como yo, no tiene más información.

**Fred** – Vale.

**Alex** – Incluso confiscaron nuestros teléfonos. Estamos completamente aislados del mundo.

**Fred** – Si lo hubiera sabido esta mañana, al salir de casa, que me encontraría embarcado en una aventura así...

**Max** – ¿De dónde es usted?

*Se miran de nuevo con recelo.*

**Alex** – La pregunta no es realmente de dónde venimos, sino dónde estamos.

**Fred** – ¿Y qué estamos haciendo aquí?

**Max** – Hemos salido en un sorteo, al parecer.

**Alex** – Sí... Para un jurado de lo penal. Pero nos acaba de decir que no estamos aquí para juzgar a nadie. Creo que tenemos algunas razones para no creer todo lo que nos dicen.

*Fred saca un pedazo de papel de su bolsillo y lo mira.*

**Fred** – Es cierto que en la citación no se dice claramente que sea para un jurado penal...

**Max** – Sí... pero eso es lo que todos entendimos.

**Fred** – Un membrete del Ministerio de Justicia, una citación de la comisaría para formar parte de un jurado. Cualquiera hubiera entendido eso.

**Max** – Y además, un jurado de lo penal no está formado por solo tres personas, ¿verdad?

**Alex** – Son una docena, creo.

**Fred** – Oh, sí, eso es cierto. Como en la película.

**Max** – ¿Qué película?

**Alex** – *Doce hombres sin piedad.*

**Fred** – Cierto. Deben decidir si condenar a muerte a un hombre inocente acusado de asesinato.

**Max** – No la conozco...

**Alex** – Y casualmente, el acusado es un hombre negro.

**Fred** – No, solo es un chico pobre de 18 años.

**Max** – Usted lo habría condenado, ¿verdad?

**Fred** – No sé... Primero hay que conocer el caso, ¿no?

**Max** – Yo, en relación a la pena de muerte estoy a favor.

**Alex** – ¿Incluso para los inocentes?

**Max** – ¿Los inocentes? Según ellos, todos los cabrones que están en la cárcel son inocentes.

**Alex** – Bueno... Esto promete...

*Silencio denso.*

**Max** – Doce, ¿está seguro?

**Fred** – Puede que llegaran más...

**Alex** – De todos modos, ya escucharon. Él dijo que no se trata de eso.

**Max** – Si no es para un juicio, ¿qué sentido tiene?

**Fred** (*señalando hacia abajo a la audiencia*) – ¿Y ustedes saben para qué están aquí?

**Max** – Ya les pregunté. Ellos tampoco parecen saber...

**Fred** – Así que solo tenemos que esperar... (*Silencio*) Si tenemos que pasar un rato juntos, mejor que nos presentemos. Mi nombre es Fred, ¿y el de ustedes?

**Max** – Max.

**Alex** – Alex.

*Otro silencio embarazoso.*

**Fred** – Tengo un poco de sed después de todo. ¿Alguien quiere algo?

**Alex** – No, gracias.

*Fred abre la nevera y toma una lata.*

**Max** – Espero que no nos retengan aquí mucho tiempo, con todo lo que tengo que hacer. Y a mí cuando no trabajo, no me pagan.

**Alex** – ¿A qué se dedica?

**Max** – Servicios. En una cervecería. Ya no podemos abrir por la tarde. ¿Y usted?

**Alex** – Músico.

**Max** – Ah, muy bien...

**Alex** – ¿Muy bien?

**Max** – Para ustedes tampoco es fácil dada la situación.

**Alex** – No...

**Max** – Los conciertos han terminado hace mucho tiempo...

**Alex** – Estamos tratando de hacer un álbum y ponerlo en la red.

**Max** – Ya entiendo... ¿Y usted?

**Fred** – Profesora.

**Max** – Estamos todos en la misma mierda. Hablar con los niños a través de una mascarilla... Especialmente cuando tienes que gritarles. ¿No se sienten un poco como con un bozal?

**Fred** – Un poco, sí...

**Max** – Barman, profesora, música... Es curioso, antes eran oficios muy diferentes. Ahora estamos todos en el mismo barco.

**Alex** – Antes ya era así, ¿no?

**Max** – ¿Qué?

**Alex** – Ya estábamos en el mismo barco.

**Max** – Sí... Pero hoy, para tener derecho a remar, hay que usar mascarillas.

**Alex** – Y cuando terminemos de remar, con el toque de queda, tenemos que volver directos a casa, y no salir hasta la mañana siguiente. Metro, trabajar, dormir... No solo los profesores han sido amordazados...

**Max** – Sí... No más demoras en los restaurantes para charlar con amigos.

**Alex** – O incluso frente a tu casa para charlar con tus vecinos...

**Max** – Nosotros trabajábamos sobre todo de noche. Nuestra facturación se ha reducido a la mitad. Así que las propinas...

**Fred** – Tampoco es el fin del mundo. Hay que hacer algo para tratar de detener esto.

**Alex** – No es el fin del mundo, no. Es solo el fin de un mundo. No estoy seguro de querer vivir en el que nos quieren imponer, con el pretexto de protegernos.

**Fred** – Si tiene otra solución...

**Alex** – Dejar de vivir para no morir, ¿esa es la solución?

**Max** – De todos modos, por el momento aquí estamos como rehenes, sin siquiera saber dónde estamos, y sin que nuestras familias sepan dónde estamos.

**Fred** – ¿Está usted casado?

**Max** – No, pero podría estarlo. ¿Y usted ?

**Fred** – Tampoco.

**Alex** – Ninguno de nosotros está casado. Al menos eso nos da una pista.

**Fred** – Tal vez nos eligieron para eso.

**Max** – ¿Para que nuestros cónyuges no se preocupen por nuestra desaparición?

**Alex** – Pensaba que habíamos sido elegidos en sorteo.

*Un tiempo.*

**Fred** – Tengo un gato.

**Alex** – ¿Perdón?

**Fred** – Tengo un gato esperándome en casa.

**Alex** – ¿Y tiene miedo de que esté inquieto?

**Max** – Los gatos, siempre y cuando no les falte comida...

**Fred** – Precisamente, solo tuve la previsión de dejarle comida para uno o dos días. No pensé que podríamos estar retenidos durante varios días seguidos. Y luego tampoco pensé en mí. Ni siquiera traje cepillo de dientes.

**Alex** – ¿Por qué cree que vamos a dormir aquí?

*Un tiempo.*

**Max** – Bueno, estoy harto, yo me largo...

**Fred** – No estoy seguro de que tengamos ese derecho.

**Alex** – ¿Derecho?

**Max** – De todos modos, me voy a fumar un cigarro afuera, y trataré de averiguar dónde estamos.

*Va detrás del escenario.*

**Alex** – ¿Qué opinan ustedes?

**Fred** – El tipo de antes dijo que iba a volver.

**Alex** – Ah, sí... Sam...

**Fred** – ¿Sam?

**Alex** – ¡El policía! El que nos trajo aquí. Así se llama, ¿verdad? Por teléfono, dijo Sam.

**Fred** – Ah, sí, tal vez.

**Alex** – De todos modos, probablemente ese no sea su verdadero nombre.

**Fred** – ¿Cree que era policía?

**Alex** – Espero… Porque si no es un policía…

**Fred** – ¿Quiere decir... que nos podrían haber raptado?

**Alex** – No lo sé.

**Fred** – En cualquier caso... ¿por qué nos habrían raptado?

**Alex** – Tal vez sea un agente de Seguridad Nacional, o algo así.

**Fred** – Acabarán por decirnos qué estamos haciendo aquí y qué se espera de nosotros.

**Alex** – Sí... Claro...

*Max regresa.*

**Fred** – ¿Qué pasa?

**Max** – Estamos encerrados.

**Alex** – ¿Qué?

**Max** – Solo hay una puerta. Está bloqueada. Y es una puerta blindada.

**Alex** – Así que es oficial. Estamos siendo apresados.

*Todos digieren esta información.*

**Fred** – Tal vez sea para protegernos...

**Max** – ¿Protegernos? ¿De qué ?

**Fred** – No lo sé.

*Sam regresa.*

**Sam** – Bien, podemos empezar...

**Alex** – ¿Qué tal si nos dice primero por qué estamos encerrados?

**Sam** – Se lo contaré todo, pero primero déjenme presentarme. Mi nombre es Sam y soy el asesor especial del presidente...

**Fred** – ¿El presidente? ¿Quiere decir... el presidente del Tribunal de lo Penal?

**Sam** – No... El presidente. El presidente de la Nación.

*Asombro general.*

**Max** – ¿El presidente de la Nación?

**Sam** – Su asesor especial, sí. Es decir, uno de ellos. Como se pueden imaginar, hay varios.

**Alex** – Pero, ¿qué rollo es este?

**Fred** – Es una broma.

**Sam** – Esto no es una broma. Y si quieren dejarme hablar, se lo explicaré todo.

**Max** – Traté de salir y la puerta estaba cerrada. Empiece explicándonos esto.

**Alex** – ¿Estamos retenidos aquí? Porque si es así, es totalmente ilegal, y exijo hablar con un abogado.

**Sam** – Solo les pido unos momentos de paciencia. Tenemos asuntos importantes que resolver. Y entre tanto, en efecto, nadie debe salir de aquí.

**Alex** – ¿Y si me apetece salir?

*Ella da un paso adelante.*

**Sam** – No se lo recomiendo.

*Su tono es inconfundible. Muy apropiadamente se quita una solapa de su chaqueta y descubrimos por primera vez que lleva una pistola.*

**Fred** – ¿Está armado?

**Alex** – ¿Y nos está amenazando?

**Sam** – Llevo un arma, sí. Pero es solo para protegerles.

**Max** – Eso es... Para protegernos de nosotros mismos... Conocemos la canción...

*El celular de Sam vuelve a sonar.*

**Sam** – Le pido disculpas... *(Al teléfono)* No, no, todo va bien... Tengo la situación bajo control, se lo aseguro... Sí, claro... Claro...

*Sale.*

**Alex** – Estoy seguro de que estamos siendo grabados.

**Fred** – ¿Quiere decir... para una película? ¿Una cámara oculta, un espectáculo o algo así?

**Alex** – ¡Grabados! ¡Cámaras de vigilancia! Ya lo habéis visto. Fingí querer irme por la fuerza, e inmediatamente le ofrecen refuerzos.

*Silencio.*

**Fred** – El asesor del Presidente de la Nación...

**Max** – Esto es una locura.

**Alex** – Si eso es cierto, significa que es una cuestión de Estado y que estamos en manos de la policía secreta, que puede estar actuando fuera de cualquier marco legal.

**Max** – ¿Pero qué tenemos que ver nosotros con esto? ¡No somos terroristas! Bueno, yo no, en cualquier caso...

**Fred** – Esto es una pesadilla, mejor sería despertar.

**Alex** – Uf, hay pesadillas de las que es mejor no despertar.

**Max** – ¿Qué quiere decir?

**Alex** – ¿Con qué sueña un condenado a muerte el día antes de su ejecución? E incluso si está teniendo una pesadilla, ¿no preferiría seguir durmiendo? En lugar de despertarse en su celda y escuchar al verdugo afilar la hoja de la guillotina en la habitación contigua.

**Fred** – Gracias por animarnos...

**Alex** – Lo siento, no soy un optimista natural.

**Max** – Sí, nos habíamos dado cuenta.

**Alex** – ¿Pero no cree que el mundo en el que vivimos ya es una pesadilla?

**Fred** – Está exagerando un poco, ¿no le parece?...

**Alex** – Dice eso porque es, como yo, una de las personas relativamente privilegiadas. ¿Y si viviera usted en Irak o en la Franja de Gaza?

**Fred** – Eso no es divertido para nadie, seguro.

**Alex** – Incluso en nuestro país, es mejor vivir en el barrio de Salamanca que en Vallecas, ¿no?

**Max** – Y aunque no vivas en un barrio pijo... Con todo lo que está pasando ahora. Ya no es como antes, eso seguro...

**Alex** – Ya ni nos damos cuenta, porque fue poco a poco. Pero si miramos diez años atrás...

**Max** – Fíjate, no está mal... Con todos estos extranjeros que recibimos en nuestro país. Refugiados políticos, refugiados económicos, refugiados climáticos... Y luego nos sorprendemos al ver llegar nuevas enfermedades a casa...

**Alex** – No me refería a ese tipo de mal… me refiero a esta dictadura silenciosa que se nos está imponiendo poco a poco. En diez o veinte años, las nuevas generaciones no habrán conocido otra cosa, y seremos nosotros los que seremos tomados por locos.

**Fred** – Disculpe por hacer esta pregunta, pero... ¿alguien aquí tiene algo de qué avergonzarse?

**Alex** – Lo que nos faltaba por ver... Hasta aquí hemos llegado.

**Fred** – Estamos retenidos aquí en contra de nuestra voluntad. Está claro que esto se parece a un arresto. Debe haber un motivo.

**Max** – Y usted, por supuesto, no tiene nada que reprocharse.

**Fred** – Aparte de una multa por exceso de velocidad hace dos años, no, no veo nada. Puede ser un error judicial.

**Max** – Eso es todo. Un error judicial. Se refiere a usted, me imagino. Pero en cuanto a nosotros, pone en duda si tenemos o no algo que reprocharnos.

**Fred** – Pero si no es un caso de terrorismo... En este tipo de casos, en muchas ocasiones todo resulta bastante confuso, y a veces las investigaciones se sitúan al límite de la legalidad.

**Alex** – En fin, ¡esto es kafkiano! Nos arrestan sin ningún motivo, y ahora nos toca a nosotros averiguar de qué podemos ser culpables...

**Fred** – En cualquier caso, pronto lo sabremos...

*Sam regresa.*

**Sam** – Bueno… prefiero advertirles que lo que tengo que decirles no es fácil de escuchar. Incluso diría que es bastante difícil de creer. Pero es, sin embargo, la verdad.

**Max** – Ya llevamos aquí un tiempo y nos encantaría irnos a casa, así que si pudiera ahorrarnos los prolegómenos...

**Sam** – Entiendo su impaciencia, así que seré franco. Lo que tengo que anunciarles es... el fin del mundo.

*Los otros tres se congelan.*

*Negro*

# ACTO 2

*Consternación de Alex, Fred y Max, entre la incredulidad y la angustia. Sam permanece impasible.*

**Max** – ¿El fin del mundo?

**Alex** – Exacto, estuvimos hablando de eso antes de que llegara… Porque usted tampoco lo va a creer, pero el mundo que amamos, hace mucho tiempo que no existe.

**Max** – La mitad de la población está desempleada, la gente está dispuesta a aceptar cualquier cosa para ganar una miseria.

**Alex** – Nos morimos en los hospitales porque supuestamente no hay suficientes camas, y en lugar de construir nuevos hospitales, aumentamos el presupuesto de la policía y el ejército.

**Fred** – Sí, está claro... Todo eso no es el fin del mundo. Es así por nuestro bien. Además, es temporal, ¿no?

**Max** – Una circunstancia que dura más de diez años, ¿cómo la podríamos llamar? Yo la llamo permanente.

**Alex** – El estado de emergencia se ha convertido en norma, el toque de queda es perpetuo, todas las libertades públicas han sido suspendidas paulatinamente…

**Max** – Y la gente ya no puede emborracharse con sus amigos en el bar para olvidar todo eso.

**Fred** – Pero díganos Sam... ¿A todo esto se refiere con el fin del mundo?

**Sam** – No, querida señora, por desgracia. De lo que estoy hablando es de la destrucción total de nuestro planeta.

**Alex** – ¿Destrucción total? ¿Quiere decir... una guerra nuclear?

**Sam** – No, no una guerra nuclear.

**Fred** – ¿Y entonces qué? La contaminación, el calentamiento global, el aumento del nivel del mar, ese tipo de cosas....

**Max** – Hemos estado con el agua al cuello por esto durante años. No corre prisa, ¿verdad? Entonces, ¿es para hablar de esto por lo que nos trajeron aquí, con los ojos vendados?

**Sam** – Tampoco se trata de un deterioro paulatino de las condiciones de vida en nuestro planeta. Estoy hablando del fin de la vida en la Tierra, y a lo largo de un futuro muy cercano.

*Silencio.*

**Fred** – Explíquese.

**Sam** – Como sabéis, cada año nuestro planeta choca con miles de cuerpos celestes de muy diferentes tamaños. La mayoría son lo suficientemente pequeños como para desintegrarse por completo al entrar en nuestra atmósfera. Algunos, de mayor tamaño, causan daños menores. Finalmente, otros son lo suficientemente grandes como para poder causar una gran catástrofe.

**Fred** – Para que eso pase, la Tierra tendría que ser impactada por un asteroide muy grande, ¿no?

**Sam** – No necesariamente, por desgracia. A partir de unos cientos de metros de diámetro, el fin de la vida en la Tierra ya no es una probabilidad, sino una certeza.

*Silencio.*

**Alex** – ¿Y qué?

**Sam** – Los científicos detectaron hace varios años la existencia de un asteroide muy grande que se dirigía directamente a la Tierra. Refinaron sus cálculos a medida que se acercaba a nosotros, y ahora resulta que la colisión es segura.

**Fred** – ¿Tan grande cómo?

**Sam** – Mil kilómetros de diámetro.

*Silencio.*

**Max** – ¿Y no hay nada que podamos hacer para evitar eso? No sé. Enviar una bomba atómica a este asteroide para fracturarlo...

**Fred** – ¿Un rayo láser para desviar ligeramente su trayectoria?

**Sam** – En las películas de ciencia ficción, tal vez... O con un objeto mucho más pequeño. Hasta un kilómetro de largo. Aunque lo cierto es que nunca se ha intentado antes. Pero ahora estamos hablando de un objeto monstruoso, tan grande como España... Ninguna tecnología en la Tierra es capaz de desviar la trayectoria de un asteroide de este tamaño en lo más mínimo...

*Silencio.*

**Max** – Es una broma...

**Sam** – Ojalá pudiera decirle que sí, se lo aseguro. Yo también tengo una familia. Una mujer. Niños... Tengo miedo de perderlos. Y como usted, tengo miedo de morir.

**Fred** – Pero de todos modos... ¿cómo es que nunca habíamos oído hablar de esto hasta hoy? No se puede mantener esa información en secreto. Los periódicos habrían hablado de ello...

**Alex** – Los periódicos... Le recuerdo que renunciamos a la libertad de prensa hace mucho tiempo. Se ha restablecido la censura preventiva. ¡Tenemos nuevamente un Ministerio de Información, como en los tiempos de Franco!

**Sam** – De hecho, dadas las trágicas consecuencias que inevitablemente resultarán de esta colisión, los gobiernos han pedido a los científicos de todo el mundo que no divulguen esta información para evitar el pánico.

**Fred** – ¿Y todos accedieron a callar?

**Sam** – Los que no aceptaron se vieron obligados a hacerlo.

**Max** – ¿Quiere decir que fueron encarcelados?

**Alex** – O ejecutados...

**Sam** – La mayoría de ellos han entendido por sí mismos que era inútil asustar a la población, ya que de todos modos no hay salida.

**Max** – Creo que leí algo sobre esto hace años.

**Sam** – Alguna información se ha filtrado. Conseguimos presentarla como noticias falsas. Especulaciones de este tipo aparecen regularmente cuando la prensa no tiene nada más que llevarse a la boca. La probabilidad de impacto es generalmente muy baja o la franja de tiempo muy distante.

**Fred** – Entonces, ¿cuál es la fecha límite?

**Sam** – Un mes.

*Silencio.*

**Fred** – ¿Y dice que no hay ningún error?

**Sam** – Nunca estamos 100 % seguros, pero ahora mismo la probabilidad es del 99,99 %. Es casi una certeza.

*Un tiempo.*

**Alex** – ¿Y qué pasa si no le creemos?

**Sam** – ¿Qué interés tendríamos en mentir?

**Alex** – Ya llevan mucho tiempo mintiéndonos, ¿no es así? Aprovechando esa pandemia que nos golpeó hace años. Fue la ocasión para instaurar una dictadura, que tiene la ventaja para ustedes de ser respaldada por la mitad de la población.

**Sam** – Fuimos elegidos democráticamente.

**Alex** – Sí, eso es lo que estaba diciendo... Democracia... Las personas son como borregos. Siempre que se les prometa velar por ellas, están dispuestas a seguir a cualquier pastor y a obedecer a sus perros. Mientras el camino sea seguro y estén protegidas de los lobos en el camino, prefieren olvidar que el destino final es el matadero.

*Silencio.*

**Sam** – Voy a hacer otra confesión para demostrarles mi sinceridad...

**Max** – Me temo lo peor...

**Sam** – Esta pandemia fue muy real al principio. Pero lo cierto es que exageramos un poco las consecuencias para justificar el establecimiento paulatino de un régimen excepcional.

**Fred** – Pero bueno... ¿Por qué?

**Sam** – Los científicos ya nos habían advertido sobre la inminencia de este apocalipsis. Era la manera de ir preparando poco a poco a la población para medidas mucho más radicales. No para conjurar esta amenaza, ya que lamentablemente es inevitable, pero al menos para evitar el caos que habría precedido a este fin del planeta, si se hubiera anunciado a todo el mundo.

**Alex** – Entonces reconoce que fuimos manipulados completamente.

**Sam** – Sí, pero no por las razones que se cree.

**Max** – Y siempre por nuestro bien, claro.

*Silencio.*

**Fred** – Admitamos que le creemos. ¿Por qué avisarnos ahora?

**Max** – ¿Y por qué nosotros? Nosotros tres. ¿Por qué nos eligió?

**Alex** – ¡No somos científicos! No tenemos ningún poder. ¡No podemos hacer milagros por ustedes!

**Sam** – Desafortunadamente, ya no buscamos soluciones. Porque no las hay.

**Max** – Entonces, ¿qué estamos haciendo aquí? En vez de disfrutar del mes que nos queda de vida...

**Sam** – Si os trajimos aquí, fue para... *(Suena su celular.)* Disculpen. *(Coge la llamada.)* Sí, señor presidente...

*Sale. Los demás permanecen en silencio por un momento.*

**Max** – ¿Creéis algo de todo esto?

**Alex** – Ya no sé qué pensar... ¿Y usted?

**Fred** – ¿Por qué nos contarían un historia semejante si no fuera verdad?

**Max** – Podría ser un juego...

**Fred** – ¿Un juego?

**Max** – Suena como a juego de evasión, ¿no?

**Fred** – ¿Qué?

**Alex** – ¡Un juego de evasión! Se encierra a varias personas en una misma habitación, y el juego consiste en que encuentren juntos la solución adecuada para salir.

**Max** – Excepto que el lugar donde estamos encerrados es la Tierra, y que aparentemente, no hay forma de salir de ella.

**Alex** – Si nos dejaran salir de aquí de una vez...

*Silencio. Fred termina su lata y no sabe qué hacer con ella.*

**Fred** – No vi ningún bote de basura amarillo...

**Max** – Pero qué mierda nos puede importar reciclar latas si todos vamos a morir en un mes.

**Fred** – Si, por supuesto...

**Max** – ¡Nos hemos aburrido durante años clasificando nuestros desechos para salvar el planeta, y ahora nos dicen que el fin del mundo es en un mes! Valió la pena el esfuerzo...

**Fred** – ¿De verdad cree que esa es la cuestión?

**Max** – Ah sí, es verdad, lo siento, es usted muy listo. Es usted un experto. Entonces, ¿cuál es la cuestión, en su opinión?

**Alex** – Es lo que nos gustaría saber, precisamente. Porque aparentemente se supone que debemos responder a esa cuestión.

*Sam regresa.*

**Sam** – Disculpen... ¿dónde estábamos?

**Max** – ¿Qué diablos estamos haciendo aquí? ¡Ahí es donde estábamos!

**Fred** – ¿Qué es exactamente lo que quiere de nosotros? Si podemos ser de ayuda, estaríamos totalmente dispuestos a colaborar.

**Max** – No tenemos nada en contra de la policía, se lo aseguro…

**Alex** – Hable por usted...

**Sam** – Miren... Estamos todos juntos en esto. Este barco no se llama Titanic, sino la Tierra. Sabemos que chocará con un gran bloque de hielo en un mes, no hay forma de evitarlo, no hay bote salvavidas, no hay bote que venga a rescatarnos, por lo que no habrá sobrevivientes.

**Alex** – ¿Y por qué nos cuenta a los tres este llamado secreto de estado que habéis estado escondiendo al mundo durante al menos diez años?

**Max** – Eso es cierto. No le hemos preguntado nada.

**Alex** – Nos han estado mintiendo sobre todo durante años, podrían habernos ocultado eso también.

**Fred** – Ha llegado el momento de decirnos por qué estamos aquí.

**Sam** – Estáis aquí para darnos vuestra opinión. Vuestra opinión sobre la mejor forma de gestionar este último mes antes del fin del mundo.

**Alex** – Esto es el mejor. Durante más de una década, habéis decidido todo por nosotros. Y ahora que todos vamos a morir, ¿vamos a manejar nosotros el final de la vida de la Humanidad? Me imagino que el funeral correrá por nuestra cuenta también.

**Alex** – ¿Pero cuánto tiempo vamos a estar encerrados aquí?

**Fred** – Si vamos a morir, al menos nos gustaría volver a ver a las personas que amamos, y pasar con ellas el tiempo que nos queda de vida.

**Max** – ¡No irán a mantenernos en prisión hasta el día del fin del mundo!

**Sam** – No se preocupan, no les detendremos por mucho tiempo. Dadas las circunstancias, el tiempo se acaba de todos modos. Tienen una hora para decidir.

**Alex** – Decidir... ¿Entonces decidimos ahora?

**Sam** – Digamos que… sus opiniones serán tenida en cuenta, y serán decisivas.

**Max** – ¿Pero decidir qué, exactamente?

**Sam** – Decidir si informar o no a la población de este inminente fin del mundo.

**Alex** – ¿Y decidiremos por todos?

**Sam** – Les elegimos al azar. Representarán... la voz del pueblo.

**Fred** – ¿La voz del pueblo? ¿Nosotros tres?

**Sam** – Ustedes serán los únicos en hablar, pero un panel más grande, representativo de todos los ciudadanos, escucharán sus argumentos y serán llamados a votar.

**Max** – ¿Y dónde está ese... panel de ciudadanos?

*Sam señala a la audiencia.*

**Sam** – Frente a usted.

*Asombro general.*

**Fred** – ¿No...?

**Alex** – Entonces ellos también están retenidos en contra de su voluntad...

**Sam** – Los trajimos aquí con el pretexto de ver un espectáculo. Ellos tampoco podrán salir de esta sala hasta que hayamos tomado una decisión.

**Fred** – Y como nosotros, están aislados del mundo.

**Sam** – Durante una hora, así es. Las puertas de la habitación están cerradas y se les ha pedido que apaguen sus teléfonos celulares. Estamos todos reunidos para decidir qué hacer con el tiempo que nos queda hasta el fin del mundo.

*Un tiempo.*

**Fred** – Es una gran responsabilidad...

**Sam** – Efectivamente.

**Alex** – ¿Y es nuestro país el que decidirá por todo el mundo?

**Sam** – Reuniones como estas se llevarán a cabo en todo el mundo. Los resultados serán centralizados y se tendrá en cuenta la opinión de la mayoría.

**Alex** – ¿Y usted?

**Sam** – ¿Yo?

**Alex** – ¿Se suma al debate?

**Sam** – Solo estoy aquí para obtener sus opiniones.

*Silencio.*

**Fred** – Bueno... ¿Y puede volver a hacernos la pregunta?

**Alex** – Acabemos con esto...

**Sam** – La pregunta es: ¿debemos advertir a la población, a riesgo de provocar el pánico, o dejarles con la ceguera, para no preocuparles innecesariamente? Este es el punto que se debe decidir. Estamos aquí para escuchar vuestro punto de vista y los argumentos de todos.

*Silencio.*

**Alex** – Estoy a favor de la transparencia. En cualquier circunstancia. Y sean cuales sean las consecuencias. El pueblo tiene derecho a conocer la verdad.

**Max** – Si solo nos queda un mes de vida, mejor podríamos gastarlo en vacaciones y no en el trabajo.

**Alex** – Un mes. Solo tenemos que considerar esto como el finiquito de nuestras últimas vacaciones pagadas...

*Fred parece perdido en sus pensamientos. Sam se dirige a ella.*

**Sam** – Y usted, ¿qué piensa?

**Fred** – No puedo pensar... Solo estoy asustada... ¿Le importaría si tomo una pastilla?

*Saca una pastilla de su bolso y se la traga.*

**Sam** – ¿Quieres un vaso de agua?

*Negro*

# ACTO 3

*Fred recupera gradualmente la compostura. Alex y Max se esfuerzan por poner buena cara. Sam se mantiene firme.*

**Sam** – Es perfectamente normal tener miedo, querida señora. Yo también tengo miedo. Todos tenemos miedo. Cualquiera que sepa, de todos modos. Pero estamos aquí para tomar una decisión y necesitamos escuchar lo que tiene que decir.

*Un tiempo durante el cual Fred intenta poner en orden sus pensamientos.*

**Fred** – Sin decir nada... es casi como ocultarle a alguien que va a morir por ahorrarle un trabajo. Yo, si estuviera padeciendo una enfermedad incurable, y me quedara solo un mes de vida, creo que preferiría saberlo. Para poder aprovechar al máximo mis últimos momentos, para inventariar, hacer balance, poner en orden mis asuntos, en fin, centrarme en lo esencial…

**Sam** – Claro, eso es lo primero que me viene a la mente. Y ese argumento es perfectamente admisible...

**Alex** – Me parece que hay un pero...

**Sam** – Pero por otro lado, usted lo dijo: tenía miedo... La perspectiva de una muerte segura, en una fecha anunciada, le aterroriza. Tal vez hubiera preferido no saber...

**Fred** – Tal vez...

**Sam** – Y después... regresando a su comparación, la persona que tiene cáncer y solo le quedan unas pocas semanas de vida, es solo un caso individual. Sin embargo, esta persona reaccionará ante el anuncio de esta muerte programada, y por eso no es probable que altere el orden del mundo. Pero estamos hablando de toda la población de la Tierra...

**Alex** – Nos dijo que solo estaba aquí para obtener nuestra opinión, y ya está tratando de influir en nosotros.

**Sam** – No participaré en la votación. Mi papel es animar el debate, para que se discutan todos los aspectos del problema y que la decisión se tome con pleno conocimiento de causa.

**Fred** – Estamos escuchando.

**Sam** – Pensemos por un momento. Incluso si una persona aislada, sabiendo que está condenada a corto plazo y, por tanto, sin tener nada más que perder, decidiera matar a su jefe, violar a su vecino o asaltar un banco, al final esto sería solo una noticia.

**Max** – ¿Y qué?

**Sam** – Proyecta esto a la escala de toda la población del planeta. Ya nadie tiene miedo de ir a la cárcel. A lo único que le tiene miedo la gente es a morir, y eso no se puede evitar. Va a ser un caos...

*Silencio.*

**Fred** – Es un riesgo, la verdad... Sabiendo que se puede hacer cualquier cosa con impunidad, ya que de todos modos vamos a morir en un mes...

**Max** – Está claro. Será una completa anarquía.

**Alex** – Al mismo tiempo, nunca hemos visto un paciente al que le acabemos de anunciar que está condenado a corto plazo, precipitarse hacia su vecino con el que está reñido para clavarle un picahielos en la espalda.

**Max** – Porque un paciente al final de su vida es demasiado débil para eso, seguramente. Pero para toda una población sana...

**Sam** – Tiene razón, por desgracia. Todos los cimientos del orden social se derrumbarán a la vez. La policía, la justicia... Es de temer que no se respete ninguna ley.

**Fred** – Quedará la moral. Religión, para algunos.

**Sam** – ¿De verdad crees que los buenos sentimientos serán suficientes para hacer cumplir la ley, cuando el miedo a la policía haya desaparecido ante la certeza de una muerte colectiva inminente?

**Alex** – Incluso cuando estamos seguros de morir, siempre hay un poso de humanidad en nosotros. Más que a morir, tenemos miedo a perder nuestra alma.

**Max** – No todos creen en Dios. ¿Usted cree en Dios?

**Alex** – No. Pero a lo que todos tememos no es a Dios, es al Diablo. Y tenemos tanto miedo de quemarnos en el infierno como de estar entre los que avivan las llamas. La mayoría de nosotros no queremos estar ni del lado de las víctimas ni del lado de los perpetradores.

**Sam** – No siempre tenemos la opción de no elegir... En los campos de exterminio, a algunos prisioneros se les ofrecía trabajar para los verdugos. La mayoría aceptó. Para salvarse y sobrevivir unas semanas más. Con la esperanza de finalmente salir con vida...

**Alex** – Algunos salieron dejando atrás sus almas... ¿Imagina la vida de los que sobrevivieron a ese precio?

**Max** – De todos modos, aquí se nos dice que no tenemos ninguna posibilidad de salir con vida.

**Fred** – Mientras haya vida, hay esperanza. Un condenado, hasta el último momento, espera el indulto presidencial, aunque esté seguro de que no llegará.

**Max** – Siempre podemos esperar un milagro, eso seguro...

**Fred** – No se puede vivir sin esperanza, incluso cuando lo peor es casi seguro. Cuando no nos quede esperanza, ya estaremos muertos. Mantendré un poco de esperanza, hasta el último momento...

*Un tiempo.*

**Max** – Sí... Bueno, es verdad que a mí... si me quedara un mes de vida y estuviera seguro de que no tendría cuentas que rendir después, hay al menos uno o dos a los que mataría... Empezando por mi cuñado.

**Fred** – Pensé que no estaba casada…

**Max** – ¡Un cuñado! ¡El marido de mi hermana!

**Fred** – No se enfade… Lo decía por decir.

**Alex** – Al mismo tiempo, matar a un tipo que va a morir en un mes, ¿vale la pena?

**Max** – Por diversión, podría ser...

**Sam** – Eso es... De eso se trata precisamente... Por el placer de...

**Fred** – Eros y Tánatos...

**Sam** – Todos los psicoanalistas le dirán que el miedo a la muerte y el deseo sexual están íntimamente ligados.

**Max** – Oiga, solo estaba hablando de matar a mi cuñado. ¡Nunca dije que quería acostarme con él!

**Alex** – Eros y Thanatos... Está delirando... Pronto nos dirá que el fin del mundo estará marcado por un gigantesco orgasmo colectivo.

**Sam** – Estaba pensando más bien en un alboroto de violencia contra los más débiles. Mujeres, niños... La perspectiva de una muerte segura corre el riesgo de desencadenar en el hombre sus peores instintos.

**Alex** – Todo esto son solo fantasías... Sus vecinos, a los que conoce, ¿de verdad cree que si supieran que van a morir en un mes, mañana entrarían corriendo a su casa para violarle y matarle?

**Fred** – No lo sé... Mis vecinos ciertamente no.

**Max** – ¿Pero los vecinos de sus vecinos?

**Fred** – Ya veo... Y los vecinos de los vecinos de los vecinos... Los que viven al otro lado de la circunvalación, o al otro lado de la frontera... Los viajeros, los extranjeros...

**Max** – Viajeros, extranjeros... A menudo es lo mismo...

**Alex** – Comprendo...

**Max** – Y hasta su vecino... Todas las gilipolleces que se permite cuando usted se da la espalda... Como poner su basura en su basurero que está enfrente de su casa para no tomarse la molestia de sacar la suya.. O cuando le observa discretamente desde su ventana cuando usted está en la ducha y se olvidó de correr las cortinas.

**Alex** – Habla por experiencia, parece...

**Max** – Váyase a la mierda.

**Fred** – Vamos, seamos corteses.

**Sam** – Y volvamos a la pregunta que nos ocupa. No podemos saberlo, por supuesto. Pero el orden social se basa sobre todo en la amenaza del castigo: la pena de prisión o, simplemente, la vergüenza de que las malas conductas sean condenadas por los allegados, los vecinos y la sociedad en su conjunto. Levanten esa barrera, y ya podemos temer lo peor.

**Fred** – Tiene razón. Triunfará la ley de la selva, es decir la ley del más fuerte. Y serán los más débiles, las víctimas.

**Alex** – Todavía existirá el ejército, ¿verdad?

**Sam** – Los soldados también son seres humanos. Sólo obedecen órdenes por obligación y para recibir su paga. En el mejor de los casos por deber y para proteger a la sociedad. Si esta sociedad está condenada a corto plazo de todos modos, ¿realmente cree que estarán dispuestos en algún momento a sacrificar sus vidas por el mantenimiento del orden?

**Max** – Entonces, en su opinión, ¿es mejor ocultar la verdad?

**Sam** – No lo sé... La verdadera pregunta es si diciendo la verdad, no vamos a hacer de este último mes de la historia de la humanidad un verdadero infierno.

**Alex** – ¡Pero no somos niños! ¡Las personas tienen derecho a saber! Para preservar el orden a toda costa, hasta el último momento, ¿debe mantenerse a la humanidad en la ignorancia de su desaparición?

**Sam** – No se trata solo de vigilancia, tiene razón. También es una cuestión ética. Por eso es importante discutirlo.

**Alex** – Proteger a la población del miedo al apocalipsis, y del caos que pueda precederlo... Muy bien. Pero de todos modos, si todos van a morir, ¿qué importa al final? Yo prefiero saber...

**Max** – Por cierto, me imagino que en algún momento será imposible ocultar la verdad, ¿no? Cuando este asteroide se acerque a la Tierra...

**Sam** – Esa bomba de tiempo se precipita hacia nosotros a una velocidad vertiginosa y, aunque es lo suficientemente grande como para destruirnos, no tiene el tamaño de un planeta. Según los científicos, hasta veinticuatro horas antes del impacto, nada será visible a simple vista.

**Alex** – Con el pretexto de protegernos contra el terrorismo y las epidemias de todo tipo, ya nos han impuesto una militarización de la sociedad, que se basa en la infantilización de la población. Debido a que la gente le tiene miedo a todo, está lista para aceptar cualquier cosa. Empezaron poniéndonos una mordaza en la boca, ¿ahora pretenden ponernos una venda en los ojos para que no veamos la muerte de frente?

**Sam** – Tampoco yo estoy seguro. Estamos aquí para discutirlo. Y para tomar una decisión... ¿Qué opinan los demás?

**Max** – No lo sé...

**Fred** – Tengo dudas. No somos niños, de acuerdo. Pero precisamente. A los niños, ¿qué les vamos a decir?

**Max** – Es cierto que también plantea esta pregunta. ¿Podemos ocultar esto a los niños cuando sus padres sepan la verdad?

**Fred** – ¿Y a partir de qué edad hay que decírselo?

**Sam** – Ahora entienden que no es tan simple...

**Alex** – Claro, pero ocultar la verdad también es una elección de élite, ¿no?

**Max** – Explíquese.

**Alex** – Aparte de nosotros y las personas que están en esta sala, si finalmente decidimos ocultar la verdad a toda la población, solo unos pocos privilegiados lo sabrán. La gente se mantendrá en el desconocimiento. Y seguirá con su vida de mierda como si nada, mientras esta élite se preparará para la gran noche, pasándolo bien o rezando al Dios bondadoso, según sus preferencias.

**Sam** – Es discutible, en efecto.

**Alex** – Usted asume que el Pueblo se arrojaría el mundo al caos si se les dijera algo, mientras que la Élite mantendría la calma y disfrutaría en silencio de sus últimos momentos. ¿Por qué? ¿Porque supone que esta élite es más responsable?

**Sam** – No lo sé...

**Alex** – Porque la élite ya lo tiene todo, por eso. Y que, por lo tanto, tiene todas las de perder si el anuncio de este fin del mundo inminente se convierte en un caos. El Pueblo, no tiene nada. Así que no tiene nada que perder. ¿De qué tiene miedo exactamente? ¿Que los trenes ya no llegan a tiempo? ¿Que los trabajadores dejen de fichar en la fábrica? ¿Que saqueen las tiendas? ¿Que haya un crack bursátil? ¿Es esa su principal preocupación? ¿Que todo permanezca en su lugar hasta la explosión final?

*Silencio.*

**Sam** – Escucho sus argumentos, y todos son respetables. Pero tenéis que tomar una decisión. Así que ustedes tres, personalmente, si tuvieran elección, ¿preferirían saber o no saber?

**Fred** – Desearía poder responderle, pero francamente... No lo sé.

**Max** – De todos modos, para nosotros es demasiado tarde. No nos dejó otra opción.

**Fred** – Yo, finalmente... Creo que hubiera preferido no saber nada.

**Alex** – A menos que todo sea una tontería más. Para ponernos en fila india, como siempre.

**Sam** – De todos modos, dentro de exactamente un mes, sabrá si le mintieron o no. Mientras tanto, ya que está aquí, si esto le tranquiliza, considérelo un ejercicio escolar. Básicamente, eso no cambia nada nuestra discusión.

**Fred** – Yo creo que sí. La respuesta que cada uno de nosotros daría a su pregunta no sería la misma si fuera puramente teórica.

**Alex** – ¿Usted cree?

**Fred** – Si la pregunta fuera solo teórica, tenderíamos a razonar, como usted, sobre un mundo ideal, en el que la mayoría de las personas seguirán comportándose como buenos ciudadanos hasta el final. Pero si todo esto llegara a ser una realidad... ¿De verdad está dispuesto a apostar por la bondad de la naturaleza humana? ¿Y sobre la supuesta benevolencia de esa abstracción que llamáis Pueblo?

**Max** – Tiene razón. ¿Cree sinceramente que la gente del Pueblo, como dice, es fundamentalmente mejor que los privilegiados que nos explotan y los cabrones que nos gobiernan?

**Alex** – No lo sé...

**Fred** – Todos los seres humanos son iguales, especialmente en su peor momento. Algunos tienen la suerte de nacer en el lado derecho de la carretera de circunvalación, eso es todo. Pero los demás solo sueñan con ocupar su lugar. No acabar con las periferias.

*Un tiempo.*

**Fred** – Es curioso, por cierto. Todos sabemos que vamos a morir algún día. Tarde o temprano. Ya sea en veinte años o en un mes. Pero en general, mientras no sepamos la fecha de vencimiento, manejamos nuestra vida como si fuéramos inmortales. En cualquier caso, no vivimos con este sentido de urgencia.

**Alex** – Esto es lo que permite que nuestros gobernantes nos hagan tragar con tantas cosas. Si la gente viviera como si fuera a morir en unas pocas semanas, no aceptaría todo lo que se le plantea.

**Fred** – Además, todo se hace para evadir la muerte, en nuestra sociedad, para que sea lo más abstracta posible. Todos morimos, pero la mayoría de nosotros nunca hemos visto un cadáver en nuestras vidas. La muerte no es solo un tabú, es un secreto de estado.

**Max** – Y cuando nos amenazan de muerte, es solo para controlar nuestras vidas. ¡Como si la muerte, al final, realmente pudiera evitarse!

**Sam** – Todo esto está escrito. Es mejor no entrar demasiado en un debate puramente filosófico. Estamos aquí para tomar una decisión. ¿Es sí o no? No hay término medio.

**Max** – No estábamos preparados para tomar este tipo de decisiones. No somos especialistas.

**Sam** – Nadie está capacitado para enfrentar una situación así, que nunca se ha presentado, y que nunca volverá a ocurrir. Ya que en un mes, todos estaremos muertos...

*Un tiempo.*

**Fred** – Qué horror... Y cuando pienso que dejé a mi gato solo en casa. Él, al menos, no sospecha nada.

**Max** – No estoy seguro... Dicen que los animales tienen un sexto sentido para predecir este tipo de desastres...

**Fred** – Tiene razón… Durante el último tsunami, por ejemplo, parece que…

**Sam** – Se acaba el tiempo... ¿Alguien tiene algo más que agregar?

**Fred** – No.

**Max** – Yo tampoco.

**Alex** – Yo dije lo que tenía que decir.

**Sam** – Muy bien, entonces iremos a la votación, a mano alzada.

**Alex** – ¿Y usted?

**Sam** – No votaré. Ustedes son tres, necesariamente habrá una mayoría. No se aceptan abstenciones.

**Max** – Muy bien, mejor que acabemos con esto.

**Sam** – Una última cosa. Si gana la opción de guardar secreto, todos tendrán que cumplirla. No podrán decírselo a nadie, ni siquiera a sus seres queridos. Cualquiera que sea su elección personal.

**Alex** – ¿Qué tal si hablamos de todos modos?

**Sam** – Esto no es una broma, querida señora, y seré muy claro con usted. En este caso, sabemos dónde encontrarla para silenciarla permanentemente.

**Alex** – Esta es su concepción de la libertad de expresión y la democracia...

**Sam** – No hay más tiempo para discutir esto, procederemos a la votación. ¿Quién está a favor de la verdad?

*Vacilación. Alex levanta la mano.*

**Sam** – Una voz. ¿Quién está a favor de guardar secreto?

**Alex** – Prefiero llamarlo mentira. La mentira de Estado.

*Fred y Max levantan la mano.*

**Sam** – Se adopta el guardar secreto, por dos votos contra uno.

**Alex** – ¿Podemos salir ahora?

**Sam** – Todavía no, esto no ha terminado del todo. Es preciso que el público también vote. Escucharon sus argumentos. Ahora les toca a ellos hablar.

**Alex** – ¿La audiencia?

**Sam** – El público, sí. Me refiero al patio de butacas. Así que... señoras y señores... Quienes a favor de la verdad a toda costa que levanten la mano.

*Parte del público levanta la mano.*

**Sam** – ¿Quién está por guardar secreto?

*Parte del público levanta la mano.*

**Sam** – Una mayoría está por la verdad. *(O por el secreto según sea el caso).*

**Alex** – ¿Eso es todo? ¿Somos libres? Si me atrevo a usar esa palabra otra vez...

**Sam** – Les recogeremos dentro de unos momentos, para llevarles a casa.

**Max** – Cuanto antes mejor...

*Suena el celular de Sam.*

**Sam** – Disculpen.

*Sale a atender la llamada.*

**Fred** – ¿Así que era tan simple como eso?

**Max** – Sí..

**Fred** – Todos sabíamos que algún día tendríamos que morir, pero no teníamos idea de que sería al mismo tiempo.

**Alex** – Y que nos darían la fecha exacta unas semanas antes.

**Max** – Un mes antes de declararse todo en quiebra.

**Fred** – A partir de hoy, cada día que pase representará un año de nuestras vidas.

*Un tiempo.*

**Max** – ¿Cómo calculaste eso, exactamente?

**Alex** – No importa... Lo que quiere decir es que ahora cada minuto cuenta.

**Max** – Sí... ¿dónde le gustaría pasar su último día? ¿En la cama con buena compañía? ¿En la playa ? ¿En una iglesia?

**Alex** – Por último, si es el último día o no... Esa es una pregunta que deberíamos hacernos todos los días, ¿no? Qué hacer con tu vida cuando te levantas cada mañana...

**Max** – La mayoría de las personas se despiertan por la mañana preguntándose cómo van a pagar su hipoteca hasta que se jubilen. Con la esperanza de que tendrán una jubilación. Porque yo...

*Sam regresa.*

**Sam** – Lo siento, hay una contraorden.

**Max** – ¿Una contraorden?

**Sam** – El presidente cree que es demasiado peligroso dejarles ir antes de que se tome una decisión a nivel mundial.

**Alex** – ¿Peligroso? ¿Y eso por qué?

**Sam** – Nos preocupa que haya una filtración y que el rumor se extienda completamente fuera de control.

**Max** – Si realmente es el fin del mundo, tarde o temprano la gente se enterará, ¿no?

**Sam** – Aunque al final decidamos informar a la población, es importante prepararlos psicológicamente para el anuncio de este desastre.

**Alex** – ¿Cómo se prepara uno psicológicamente para el fin del mundo? Me gustaría ver eso...

**Fred** – ¿Entonces estamos condenados a quedarnos aquí hasta que termine la consulta?

**Max** – ¿Y cuánto tiempo más va a durar toda esta mierda?

**Sam** – Alrededor de una semana.

**Max** – ¡Una semana!

**Fred** – No es posible...

**Sam** – Lo siento, pero recibí instrucciones.

*Alex da un paso adelante.*

**Alex** – ¿Y si queremos irnos...?

*Sam saca su arma y le apunta.*

**Sam** – Quédese donde está.

**Alex** – No disparará.

**Sam** – Cierto, en el mundo de antes, probablemente no hubiera disparado. Pero le aseguro que ahora puedo.

**Max** – ¿Qué va a hacer? ¿Matarnos a todos? *(Señalando a la audiencia)* ¿Y a ellos también?

**Sam** – Estoy esperando instrucciones... Por ahora, quédese tranquilo aquí. Intente relajarse un poco. También hay aperitivos y cacahuetes en el frigorífico... Les servirán la comida más tarde...

*Sale.*

**Alex** – Lo dije, no podemos confiar en ellos.

**Fred** – Al mismo tiempo, no se trata solo de nosotros.

**Max** – ¿Así que los defiendes?

**Fred** – No, pero estoy de acuerdo. Es necesario tener cuidado para evitar cualquier precipitación, para evitar desenfrenos.

**Alex** – ¿Desenfrenos? Estamos hablando de un asteroide que se estrellará contra la Tierra liberando una potencia de varios millones de veces la bomba de Hiroshima. Y a usted, ¿solo le preocupa que haya algunos desenfrenos?

**Fred** – Usted parece no entenderlo. ¿De verdad quiere que este último mes en la Tierra sea un infierno? Especialmente para los débiles. Los niños, sobre todo...

*Alex se muestra visiblemente sensible a estos argumentos.*

**Alex** – Muy bien. ¿Y cual es su argumento? ¿Nos dejamos sacrificar uno tras otro, como ovejas en el matadero?

**Fred** – No lo sé.

**Max** – Mientras él tenga el arma, no queda otra...

**Alex** – Entonces, ¿qué hacemos?

*Un tiempo.*

**Max** – ¿Qué tal si comenzamos con un aperitivo?

*Sam regresa.*

**Sam** – Algo nuevo.

**Alex** – ¿Qué más?

**Sam** – Se lo advierto, tampoco va a ser fácil de creer. Incluso para mí, es bastante difícil de digerir.

**Max** – De todas formas, hable...

**Sam** – Acabamos de recibir una señal extraterrestre...

*Asombro general.*

*Negro*

# ACTO 4

*Alex, Fred y Max intentan reanimarse ante Sam, que permanece impasible.*

**Alex** – ¿Una señal extraterrestre? ¿Esto es una broma?

**Sam** – Lo sé, es increíble. Pero ya sabes, desde hace un tiempo, no me sorprende nada.

**Alex** – No es broma...

**Sam** – Sabemos que el final de la vida en la Tierra es una probabilidad, por no decir en última instancia, una certeza, de la que simplemente no sabemos la fecha. Y, sin embargo, lo consideramos ciencia ficción.

**Fred** – También sabemos que es extremadamente improbable que seamos los únicos representantes de la vida en el universo y, sin embargo, los extraterrestres también se consideran ciencia ficción.

**Max** – ¿Y cómo les contactaron? ¿Les enviaron una paloma mensajera?

**Sam** – Como saben, un instituto americano, el SETI, se dedica desde los años 60 exclusivamente a escuchar posibles comunicaciones desde el espacio.

**Fred** – Prueba de que no es una hipótesis tan descabellada...

**Sam** – Ellos son los que recogieron el mensaje.

**Alex** – Llevan más de medio siglo escuchando el cielo. Nunca tuvimos noticias, y de repente, un mes antes del fin del mundo...

**Sam** – Exacto... Ante la inminencia del desastre, decidieron ponerse en contacto con nosotros.

**Max** – ¿Para qué? ¿Para despedirnos?

**Sam** – La oferta es salvar a algunos de nosotros. Para que la especie humana pueda seguir existiendo, aunque no sea en la Tierra donde nacieron.

**Alex** – ¿Salvar a la especie humana? La pregunta final es si vale la pena...

**Fred** – ¿Y cómo piensan rescatar a esos privilegiados?

**Sam** – Se ofrecen a recogerlos con una nave espacial.

**Alex** – Bueno, a ver. Un arca de Noé desde el espacio ahora... ¿Nos queda algo por oír?...

**Sam** – Solo podrán llevarse a unos pocos miles de adolescentes con ellos.

**Alex** – Adolescentes...

**Sam** – Los sujetos mayores no podrían reproducirse para perpetuar la especie, y los niños demasiado pequeños tendrían dificultades para soportar ese viaje. Los adultos jóvenes se adaptarán más fácilmente a su nuevo entorno de vida.

**Fred** – Otro planeta, entonces.

**Alex** – Pues sí, si se destruye la Tierra...

**Max** – Muy bien. ¿Y qué tenemos que hacer allí? Desafortunadamente, ya no somos adolescentes.

**Sam** – Ahora tenemos que elegir qué escuela secundaria se salvará.

**Fred** – ¿Una escuela secundaria?

**Max** – ¿Por qué una escuela secundaria?

**Sam** – Esos estudiantes de secundaria ya estarán agrupados en un solo lugar. Será más fácil recogerlos.

**Alex** – Me alegro por los que serán elegidos. Pero, ¿por qué nos preocupa eso?

**Sam** – Tenemos la responsabilidad de designar la escuela que se salvará... En lo que respecta a nuestro país, en cualquier caso.

**Fred** – ¿Nuestro país?

**Sam** – Se designará una escuela para cada país. Para tener suficiente diversidad de población, me imagino.

**Alex** – Solo tenéis que elegirlo al azar.

**Sam** – Es una posibilidad, de hecho.

**Fred** – ¿Por qué? ¿Hay otras?

**Sam** – Podríamos elegir la mejor escuela secundaria del país.

**Fred** – ¿Mejor?

**Sam** – Con mejores resultados en el bachillerato, por ejemplo.

**Alex** – Ya entiendo... Una de esas escuelas secundarias católicas privadas donde van sus hijos, supongo.

**Sam** – Y los suyos, ¿a dónde van?

**Alex** – No tengo hijos, eso lo sabe muy bien. Ninguno de nosotros aquí tiene hijos. ¿Es por eso que nos eligió?

**Sam** – No solo...

*Un tiempo.*

**Fred** – ¿Excelencia o casualidad?

**Sam** – Esa es la cuestión. Habrá que hacer una elección de nuevo.

**Fred** – No es humano preguntarnos eso... ¿Cómo elegimos entre todos esos jóvenes a los pocos privilegiados que se salvarán?

**Sam** – Sin embargo, tenemos que decidir. De lo contrario, toda la humanidad se extinguirá.

**Alex** – Por mi parte, yo sería bastante favorable a esta última opción.

**Sam** – No tenemos tiempo que perder. Quieren el nombre de esta escuela antes de mañana. Entonces probablemente será demasiado tarde...

**Alex** – Excelencia, sabemos lo que eso significa. Tiene que ver con la selección social. Por suerte, las mejores escuelas secundarias están ubicadas en vecindarios exclusivos.

**Fred** – Por otro lado, si la Humanidad va a continuar, siempre que no sea con jóvenes que solo tienen doscientas palabras de vocabulario, que escriben fonéticamente y que nunca han escrito un texto más largo que un SMS.

**Alex** – ¿Estás diciendo eso al tiempo que eres profesora? Alegría...

**Fred** – Tienes razón, es horrible... *(Pausa)* Pero hay que ser realista...

**Sam** – Lamentablemente, ya no tenemos tiempo para hablar de esto. Vayamos directamente a la votación... ¿Quién está a favor de la excelencia?

*Fred duda, luego levanta la mano.*

**Sam** – ¿Quién se apunta a la oportunidad?

*Alex y Max levantan la mano.*

**Sam** – A ver qué opina el público. Los partidarios de la excelencia, primero. Que levanten la mano los que estén a favor de salvar el mejor instituto de España... Los partidarios del azar ahora. ¿Los que están a favor de rifar cuál liceo se salvará? Muy bien. La excelencia gana *(O el azar)*. Gracias por sus aportaciones... *(Su teléfono celular suena, y él contesta mientras sale del escenario.)* Sí... estoy escuchando...

*Sale. Silencio.*

**Alex** – Esta vez todos estaremos de acuerdo que es una broma, ¿verdad?

*Los otros dos parecen desconcertados.*

**Max** *(a la audiencia)* – ¿Qué opinan ustedes? Es verdad o no ?

*Posible pequeña improvisación para responder a uno o varios espectadores.*

**Fred** – Yo ya no sé que creer...

**Max** – Después de todo, es posible, ¿verdad?

**Fred** – Como él dijo, hay muchas cosas que tendemos a considerar ciencia ficción hasta que realmente suceden.

**Max** – Como esa pandemia mundial, por ejemplo. Y sus consecuencias... Si nos hubieran dicho que iba a pasar antes de que sucediera, ¿lo habríamos creído?

**Alex** – Probablemente no…

**Fred** – No sé por qué, pero siento que es verdad.

**Alex** – ¡Estas personas nos han estado mintiendo durante diez años! De hecho, siempre nos han mentido.

**Fred** – Es tan fuerte... que podría ser verdad.

**Max** – ¿Cuál es el riesgo de jugar el juego?

**Alex** – Así que está de acuerdo, es un juego.

**Fred** – La pregunta sería más bien... ¿tenemos la opción de no jugar? ¿Han visto? Están listos para matarnos...

*Sam regresa.*

**Sam** – La situación ha evolucionado...

**Alex** – Dada la situación inicial, solo puede mejorar, me imagino.

**Sam** – Efectivamente, aunque todavía no estamos seguros de nada.

**Fred** – ¿Y entonces?

**Sam** – Inesperadamente, el peligro ha disminuido ligeramente.

**Max** – Nos anunció el fin del mundo como una certeza absoluta. ¿Cómo podría haber disminuido el peligro?

**Sam** – El asteroide que nos amenaza ha chocado con otro objeto celeste. Se rompió en varios pedazos. Pero un enorme fragmento todavía se dirige hacia nuestro planeta...

**Fred** – ¿Qué tamaño?

**Sam** – Cien metros.

**Max** – Así está mejor, ¿no?

**Sam** – Sí, pero todavía es suficiente para acabar con toda la vida en la Tierra. A menos que este fragmento se rompa en varios pedazos. Pero sobre todo...

**Fred** – ¿Qué?

**Sam** – La explosión aumentó drásticamente la velocidad a la que se mueven estos escombros. Vienen hacia nosotros casi a la velocidad de la luz.

**Max** – ¿Cuánto tiempo hasta la colisión?

**Sam** – Según los nuevos cálculos... una semana más o menos.

**Alex** – Y a eso le llama una mejora...

**Sam** – Es el hemisferio sur el que va a ser duramente golpeado. Pero las consecuencias para el resto del mundo serán nefastas. Terremotos, tsunamis gigantes...

**Max** – Pero si entiendo bien, en lo que se refiere al fin del mundo, ¿ya no es inevitable? ¿Todavía tenemos la oportunidad de salir de esto?

**Sam** – Parte de la población podría sobrevivir escondiéndose en refugios o huyendo a la cima de las montañas.

**Alex** – Así que solo nos queda una semana para organizarnos. Y si no avisamos a nadie, el precio será mucho mayor.

**Fred** – ¿Qué espera de nosotros?

**Sam** – Tenemos que reconsiderar nuestra decisión dados estos nuevos elementos...

**Fred** – Ya no sé qué pensar...

**Sam** – Si divulgamos esta información ahora mismo, se desatará el pánico. Toda la población del hemisferio sur correrá hacia el hemisferio norte. Y en nuestro hemisferio, va a ser la carrera para llegar a las montañas.

**Alex** – Me imagino que gente como usted tiene un chalet en Megève o Suiza.

**Fred** – Los que no han podido huir a las montañas se matarán unos a otros para llegar a la cima de las colinas, los pisos superiores de las torres...

**Max** – Con la esperanza de que no sean arrastrados por las aguas de todos modos...

**Alex** – Pero si no se lo contamos a nadie, sólo unos pocos privilegiados bien informados tomarán las precauciones necesarias para tener alguna posibilidad de sobrevivir.

**Sam** – Por supuesto... De todos modos, no podremos salvar a todos.

**Fred** – ¿Entonces vamos a tener que votar de nuevo? ¿Pero sobre qué?

**Sam** – Ya no tiene sentido apurarse. La situación está cambiando hora tras hora. Por no decir minuto a minuto. *(Suena el móvil y contesta.)* Sí... Está bien... Me llamas en cuanto tengas noticias... *(Guarda el móvil.)* Los científicos han vuelto a afinar sus cálculos. Ahora solo hay una probabilidad entre diez de que la Tierra sea golpeada por estos restos de asteroides.

**Max** – Todo esto para eso...

**Alex** – ¿Qué pasa con los hombrecitos verdes?

**Fred** – ¿Y esta escuela secundaria para descentralizar a otra galaxia?

**Sam** – No tengo noticias de esos asuntos...

**Fred** – Tal vez ellos son los que volaron ese asteroide para protegernos...

**Sam** – Es una hipótesis, de hecho. *(El celular de Sam suena y él contesta.)* Sam... Sí... Está bien... De acuerdo, yo me encargo...

*Guarda su computadora portátil, demostrando la emoción. Los otros tres esperan ansiosos a que se decida a hablar.*

**Max** – ¿Entonces?

**Sam** – Me acaban de informar que ya pasó todo peligro... Lo que quede de ese asteroide pasará mucho más allá de la órbita de la Luna. Por lo tanto, no habrá consecuencias para nuestro planeta, y la población no notará nada.

*Silencio, entre consternación y alivio.*

**Fred** – ¿Así que se acabó?

**Sam** – Sí. Parece...

*Alex aplaude lenta y silenciosamente con aire irónico.*

**Alex** – È finita la commedia...

**Max** – ¿Podremos volver a nuestra pequeña vida de mierda, entonces? Como antes... Casi me sentiría decepcionado...

**Fred** – Es verdad... Con todo eso, nunca me había sentido tan vivo en toda mi vida.

**Max** – ¿Cómo era eso que dijiste antes? Eros y Thanatos... Ahora nos dirá que tuvo un orgasmo...

**Fred** – Le diría que tengo lo necesario en casa, pero lamentablemente allí solo me espera mi gato.

**Max** – Si eso es lo único, siempre se puede arreglar... Yo también soy libre...

**Alex** – Libre, está por ver...

*Todos los ojos se vuelven hacia Sam, que permanece en silencio.*

**Fred** – ¿Sam?

**Alex** – Seguirá advirtiendo a la gente sobre el desastre del que acaban de escapar, ¿no?

**Sam** – La decisión se tomó al más alto nivel. El público no será notificado.

**Fred** – Si le ocultas la verdad a la gente y se enteran de todos modos... Se van a enojar. Le harán responsable.

**Alex** – Como el fin del mundo ya no es para mañana, ya no hay riesgo de pánico generalizado. ¿Por qué mantener a la gente en la desinformación?

**Max** – ¿Tendremos que volver a votar?

**Sam** – No habrá votación. Nadie será notificado. Y nada de lo que acaba de pasar aquí existió.

**Alex** – Muy bien, haremos lo que quieran... y diremos lo que queramos.

**Sam** – También recibí instrucciones sobre esto. Lo siento mucho. Todo esto es secreto de Estado. No podemos correr el riesgo de dejaros hablar...

**Alex** – ¿Ah, sí? ¿Y qué planea hacer para detenernos? ¿Matarnos?

**Fred** – ¡No puede hacer eso! Usted es policía, ¿no es así? ¡Representa la Ley!

**Alex** – La Ley, ellos son los que llevan mucho tiempo haciéndola. ¿Sigues creyendo que la policía está para proteger a los ciudadanos?

**Max** – ¿Por qué molestarse en matarnos? De cualquier manera, nadie nos creería.

**Fred** – Después de todo... solo hace falta que nos diga que todo fue un juego, y no hablaremos más de esto.

**Max** – Un juego de evasión. Y finalmente lo logramos...

**Sam** – Lo siento, pero ninguno de ustedes saldrá de aquí...

*Saca su arma de su funda con un gesto algo teatral, como un vaquero que desenvaina durante un duelo, pero el arma se le resbala de las manos y cae al suelo frente a él. Alex agarra el arma y le apunta a Sam. También podemos imaginar una escena burlesca a cámara lenta, Sam sacando su arma y Alex lanzándose sobre él para agarrarla.*

**Alex** – ¿ Quién se ríe ahora ?

**Sam** – ¿Qué va a hacer, matarme?

**Alex** – No me tiente.

**Fred** – No haga eso.

**Max** – ¿Y por qué no? Este bastardo quería matarnos a los tres.

**Sam** – No disparará.

**Alex** – ¿Ah, sí?

**Sam** – Adelante, apriete el gatillo.

**Alex** – Después de todo, ¿a qué me arriesgo? Usted mismo lo dijo, nada de esto ha sucedido.

*Álex duda.*

**Sam** – No es tan fácil matar a un hombre, sabes... Incluso cuando sabes que puedes hacerlo con impunidad. Milenios de moralidad, desde el asesinato de Abel por su hermano Caín, no se desvanece en una hora.

**Alex** – Te lo dije, no soy creyente.

**Fred** – Por favor, tire ese arma...

**Max** – ¿Para que nos dispare? De ninguna manera. ¡Adelante, dispara! Si tenemos la oportunidad de salir de esto, también podríamos intentar...

*Alex duda de nuevo antes de bajar su arma.*

**Alex** – Está bien, no dispararé... Todavía no. Pero mantengo esta arma conmigo, y si trata de quitármela, créame, sabré cómo usarla.

**Sam** – De cualquier manera, sea como sea, puede disparar, que no me matará.

**Alex** – ¿En serio?

**Sam** – A menos que decida hacerme el muerto, por supuesto.

**Max** – Cree que es inmortal, ¿verdad?

**Fred** – O tiene un chaleco antibalas.

**Sam** – El arma no está cargada.

**Alex** – Estás mintiendo otra vez.

**Sam** – Es verdad, miento.

*Un tiempo.*

**Fred** – Una oración bastante difícil de interpretar.

**Max** – ¿Qué?

**Fred** – Es verdad, miento, dijo. Si eso es cierto, no está mintiendo.

**Alex** – Y si está mintiendo, no es cierto.

**Max** – Es un poco demasiado complicado para mí...

**Sam** – De todos modos, no es un arma real.

**Alex** – No es broma...

**Sam** – Es un accesorio de teatro...

**Max** – ¿Un accesorio?

*Un tiempo.*

**Alex** – Entonces, ¿cree que estaremos en el teatro ahora?

**Max** – Lo que faltaba...

**Fred** – Pero bueno, es imposible, todos los teatros están cerrados desde hace años por la pandemia.

**Sam** – Casi todos ellos, mejor dicho. Pero algunos se resisten. Sin el conocimiento de las autoridades sanitarias y policiales.

**Alex** – Entonces... ¿estábamos haciendo una obra de teatro?

**Sam** – Y la obra ha terminado. Nos van a aplaudir, al menos eso espero, regresarán a su camerino, y luego podrán volver a casa. Nadie va a morir. Bueno, no hoy. Se acabó el espectáculo.

**Fred** – ¿Así que no eres policía?

**Max** – Pero entonces… ¿quién eres?

**Sam** – Yo soy el director.

**Alex** – Entonces, todo esto era de mentiras…

**Sam** – No, de mentiras y de verdad. Era teatro.

**Max** – ¡Pero nosotros no somos comediantes!

**Sam** – Han sido seleccionado para participar en un espectáculo improvisado. Todas estas personas son espectadores.

**Fred** – Así que usted es el que desafía la ley. Todas las representaciones teatrales están estrictamente prohibidas.

**Sam** – Pertenezco a una organización secreta que trata de revivir clandestinamente el  espectáculo que alguna vez se dijo que estaba en vivo...

**Alex** – ¿Y dónde estamos?

**Sam** – Estamos en el Teatro... *(Aquí mencionaremos el nombre del teatro donde se representa la obra).*

*Un tiempo.*

**Fred** – El teatro... Hace tanto que no vamos allí...

**Max** – Ya ni siquiera sabemos para qué sirve.

**Sam** – Para nada... Para reflexionar...

**Max** – ¿Reflexionar sobre qué?

**Sam** – Sobre el sentido de la vida, por ejemplo...

**Fred** – Es cierto que después de todo eso, creo que veré la vida de otra manera.

**Sam** – Si morimos en un mes o dentro de treinta años, si morimos individualmente o todos juntos, al final, ¿qué importa?

**Fred** – La cuestión es saber qué queremos hacer con el resto de nuestras vidas.

**Max** – ¿Y cuál es la respuesta correcta?

**Sam** – En el teatro no hay respuestas correctas. Sólo hay buenas preguntas.

**Alex** – De todos modos, nunca debes dejar de vivir por miedo a morir.

**Fred** – Y cuando cae el telón, y dejamos el escenario, entre aplausos o silbidos, al menos habremos interpretado plenamente el papel de nuestras vidas.

*Colocan a los cuatro frente al público para los saludos.*

**Sam** – Damas y caballeros, la actuación a la que acaban de asistir es, por supuesto, completamente ilegal. Así que al salir de aquí, incluso si les gustó, no se lo cuenten a nadie. Gracias de antemano por su discreción...

*Negro.*

# Fin

*Agosto 2022*

www.ingramcontent.com/pod-product-compliance
Lightning Source LLC
LaVergne TN
LVHW010702200726
843507LV00011B/1977